COLEÇÃO VOLTA AO MUNDO
FALANDO PORTUGUÊS

Contos de Cabo Verde

© 2023 – Todos os direitos reservados

GRUPO ESTRELA

Presidente: Carlos Tilkian

Diretor de marketing: Aires Fernandes

EDITORA ESTRELA CULTURAL

Publisher: Beto Junqueyra

Editorial: Célia Hirsch

Coordenadora editorial: Ana Luíza Bassanetto

Projeto gráfico e ilustrações: Roberta Nunes

Diagramação: Overleap Studio

Coordenação da coleção: Marco Haurélio

Revisão de texto: Luiz Gustavo Micheletti Bazana

Mapa: Shutterstock

Dados Internacionais de Catalogação na Publicação (CIP)
(Câmara Brasileira do Livro, SP, Brasil)

Reis, Adriano
 Contos de Cabo Verde / Adriano Reis ; coordenação Marco Haurélio ; ilustração Roberta Nunes. – 1. ed. – Itapira, SP : Estrela Cultural, 2023. – (Volta ao mundo falando português ; 1)

 ISBN 978-65-5958-052-1

 1. Contos - Literatura infantojuvenil
I. Haurélio, Marco. II. Nunes, Roberta.
III. Título. IV. Série.

23-159154   CDD-028.5

Índices para catálogo sistemático:

1. Contos : Literatura infantil 028.5
2. Contos : Literatura infantojuvenil 028.5

Aline Graziele Benitez - Bibliotecária - CRB-1/3129

Proibida a reprodução total ou parcial, de nenhuma forma, por nenhum meio, sem a autorização expressa da editora.

1ª edição – Itapira, SP – 2023 – impresso no Brasil.
Todos os direitos de edição reservados à Editora Estrela Cultural Ltda.

Rua Roupen Tilkian, 375
Bairro Barão Ataliba Nogueira
CEP 13986-000 – Itapira/SP
CNPJ: 29.341.467/0001-87
estrelacultural.com.br
estrelacultural@estrela.com.br

COLEÇÃO VOLTA AO MUNDO FALANDO PORTUGUÊS

ADRIANO REIS

Contos de Cabo Verde

Ilustrações: **Roberta Nunes**
Coordenação: Marco Haurélio

A criação das fantásticas
ilhas de Cabo Verde ❧ **06**

A Feiticeira da
Ribeira da Janela ❧ **13**

N hara Báka, Katxôr i Kábra
(Senhora Vaca, Cachorro e Cabra) ❧ **23**

T i Lobu Ku Xibinhu
(Tio Lobo e Cabritinha) ❧ **27**

O utra de Ti Lobu i Xibinhu
(Outra de Tio Lobo e Cabritinha) ❧ **31**

B limundo ❧ **35**

P ósfácio ❧ **46**

Este volume da coleção *Volta ao mundo falando português* reúne histórias da tradição oral de Cabo Verde narradas por Adriano Reis, escritor e contador de histórias radicado em Portugal, que vive a correr o mundo divulgando sua terra. As narrativas são permeadas por palavras e expressões em crioulo, língua nativa de Cabo Verde que tem, como você vai perceber, influência do português.

O texto "A criação das fantásticas ilhas de Cabo Verde", que abre a antologia, é um conto etiológico, ou seja, uma história que conta a origem de um lugar ou de um costume. Nessa história, ficamos sabendo como surgiram as dez ilhas que compõem o arquipélago.

Na sequência, apresenta-se um relato de infância, "A Feiticeira da Ribeira da Janela", mostrando que não devemos nos conduzir pelas aparências, evitando julgamentos apressados.

Em seguida, temos três fábulas. A primeira, "Nhara Báka, Katxôr i Kábra" ("Senhora Vaca, Cachorro e Cabra"), também de feição etiológica, explica como surgiu a rivalidade entre esses animais. As outras duas, "Ti Lobu ku Xibinhu" (Tio Lobo e Cabritinha) e "Outra de Ti Lobu i Xibinhu" (Outra de Tio Lobo e Cabritinha) trazem personagens que aparecem em muitas histórias, nas quais o animal mais forte e menos inteligente é derrotado pela astúcia do mais fraco. Equivalem, no Brasil, aos contos em que aparece a Onça rivalizando com o Macaco, o Coelho ou o Jabuti, duelos em que o fraco tambem vence o forte.

A parte final traz "Blimundo", a história de um boi encantado, símbolo da liberdade contra a tirania, identificado ao povo das ilhas de Cabo Verde por sua insubmissão. Blimundo, é preciso dizer, é um boi com características humanas, pois consegue falar, abraçar as pessoas e demonstrar sentimentos, além de sentar-se à cadeira de um barbeiro, às vésperas de um suposto casamento com a Vakinha de Praia, e saborear a cachupa, prato tradicional de Cabo Verde. Há várias versões desse relato lendário, mas esta é em tudo especial: foi ouvida pelo autor em sua infância e traz elementos novos, reproduzindo o encanto das histórias narradas ao redor das fogueiras ou à luz do candeeiro de outro tempo: o tempo das fábulas. Ou, como diz Adriano Reis: *Stória... stória...* fortuna do céu.

Marco Haurélio

Dedicado ao povo das ilhas felizes, a bênção dos nossos
Géntis Grándis de Sintanton e de Sidádi Bersu.

Com especial morabeza (carinho) para Olívia
Nogueira, Gil Moreira e Manuel Dias.

A Mãe Txikou, Pai Tonaya, filhos, irmãos, familiares e
amigos nas ilhas e espalhados no mundo!

Adriano Reis

Deus vivia **la riba kutelu**, em uma casinha de pedra com cobertura de palha, recolhida nas redondezas de uma majestosa montanha. Nela havia uma cama de madeira e palha improvisada.

la riba kutelu: *no alto da montanha.*

Um belo dia, Deus acordou **estremunhado**, girando de um lado para o outro, e o grunhir da madeira e da palha improvisada em cama atrapalhavam seu desejo de descanso. Não lhe apetecia, de todo, levantar!

estremunhado: *confuso; desorientado.*

Ao tentar abrir os olhos, percebeu que a casa estava, lentamente, a clarear. Também lentamente, foi abrindo os olhos, pois um raio de luz trespassava por um buraco do teto de palha e incidia em seu rosto. Deus tentou cobrir o rosto com o cobertor de **klabedôtxe**. A preguiça e o cansaço eram tão grandes que tentou dormitar, mas aquele raio de luz ia se intensificando e o calor matinal começava a ser sentido, mais ainda debaixo de um cobertor de *klabedôtxe*.

klabedôtxe: *pano a retalho.*

Então, Deus levantou-se, sentou-se, começou a erguer-se, caminhando em direção à porta da sua casinha, estendeu a mão e puxou o fecho de chapa da porta. A porta de chapa de **bidon** relinchou, fez um barulho tão estrondoso que Deus precisou parar por breves instantes para tapar os ouvidos.

bidon: *recipiente de latão.*

Saiu porta afora, subiu em um grande pedregulho plano que tinha no lado direito da casinha e aí se sentou. Do cume da montanha, olhou para a imensidão do mar azulado, seguindo com seus olhos do nascente ao poente no encalço do infinito e apercebeu-se de uma mão no ar a acenar, a saudá-lo. Esfregou os olhos e, observando melhor, viu que era um pescador no seu barquinho, todo feliz com a sua cana de pesca na mão, a pescar o seu peixinho. Saudou-o, voltando a olhar para o nascente, e seus olhos cruzaram-se com os de um agricultor que caminhava com um saco às costas, lá longe, na encosta da montanha.

Tais eram o calor e o cansaço sob aquele sol abrasador que o lavrador parou por instantes para limpar o suor que lhe escorria testa abaixo. Vendo Deus, baixou a cabeça, recebendo assim sua bênção.

Nesse instante, Deus voltou aos seus pensamentos, em reflexão — ora, o pescador estava a pescar umas cavalas para alimentar sua família e o agricultor com certeza levava naquele seu saco algumas verduras, além de milho, feijão, couve e batata para alimentar também sua família.

Ambos, no juntar das suas mãos, trocaram alimentos e comeram cachupa com peixe e verduras de **merada**, vindas da horta das encostas da montanha de Deus.

merada: *horta (local onde o agricultor cultiva).*

Foi aí que Deus questionou a si próprio:

"Mas sou Deus e o que faço? Enquanto o pescador e o agricultor trabalham para alimentar suas famílias, o que faço eu?".

Olhou à sua volta e viu, do lado esquerdo da sua casinha com teto de palha, uma pia em pedra rústica da qual caíam gotas de água: água fonte de vida.

Debaixo dessa pia havia um pequeno balde. Então, Deus levantou-se, dirigiu-se até a pia, pegou no balde e colocou-o debaixo da torneira improvisada, que se enchia com as gotas que caíam pouco a pouco. Voltou a sentar-se no alto do pedregulho, observando o pescador que acabara de pescar mais um peixinho, certamente uma **kavala-pa-katxupa**, ao mesmo tempo que o agricultor acabara de galgar, *la riba kutelu*.

> **kavala-pa-katxupa:** *cavala para cachupa (peixe).*

De novo aprisionado em seus pensamentos, foi junto do balde, que já estava pelo meio, pegou-o, carregou-o até o pedregulho e ali o pousou. Foi, então, buscar um saco de argila e um galho grosso, sentou-se no seu pedregulho, voltou a erguer o balde, colocou-o nas suas pernas, juntou na água uma boa quantidade de argila, mexeu com o galho grosso que tinha recolhido e foi acrescentando argila até a mistura transformar-se em uma espécie de barro capaz de ser moldado.

Barro pronto a ser trabalhado, Deus puxou o balde para si, pôs as mãos lá dentro, tirou o barro e começou a construir uma bola quase perfeita. Começou, então, a moldar meticulosamente os cinco continentes: Oceania, Ásia, África, Europa e América, desenhando, assim, o mundo como hoje o conhecemos.

Apercebendo-se de seu feito, Deus olhou para o pescador e para o agricultor e saudou-os com sentimento de dever cumprido:

"Também eu realizei o meu trabalho".

Envolvido em seu feito, Deus percebeu que tinha as mãos pousadas no assento de suas pernas e que suas calças brancas estavam sujas. Foi, então, lavar as mãos na pia, de onde continuavam a cair pequenas gotinhas de água que germinavam da torneira de chapa improvisada. Quando voltou ao mesmo lugar para se sentar, distraído, ia, de novo, colocar as mãos nas pernas e aí percebeu que, por entre os seus dez dedos, havia pequenos grãos de barro.

Sabendo da imensidão do mar azul, que, lá embaixo, ondulava, sacudiu as mãos com tanta força que os grãozinhos de barro foram caindo

nesse mar sem fim. De repente, o mar começou em ebulição: eram os grãozinhos de barro a emergir do fundo.

Deus, estupefato, viu ali surgirem nos mesmos pontos onde caíram os grãos de barro as dez fantásticas e maravilhosas ilhas de Cabo Verde: Barlavento, Santo Antão, São Vicente, Santa Luzia, São Nicolau, Sal, Boa Vista, e as do Sotavento, Brava, Fogo, Santiago e Maio.

Nesse instante, o criador dirigiu-se ao agricultor, pediu-lhe a enxada emprestada, colocou-a no chão, orou e, quando voltou a pegá-la para devolver ao agricultor, o cabo da enxada estava verde, surgindo assim o nome "Cabo Verde".

Cabo Verde é, sem dúvida, como uma espiga de milho. Os grãos dessa espiga são as ilhas, que, reunidas, formam um arquipélago, um conjunto de ilhas próximas umas das outras, como as primeiras pepitas de barro, saídas das mãos de Deus, dos seus dez dedos:

Liberdade dez

Dez versos

Duas estrofes

Um poema: Cabo Verde

Dez lágrimas

Um só soluço

Dez sorrisos abertos ao futuro

Dez gargantas

Um só grito: liberdade.

Essa é a mais bela definição das ilhas fantásticas e abençoadas de Cabo Verde, eternizada na minha memória.

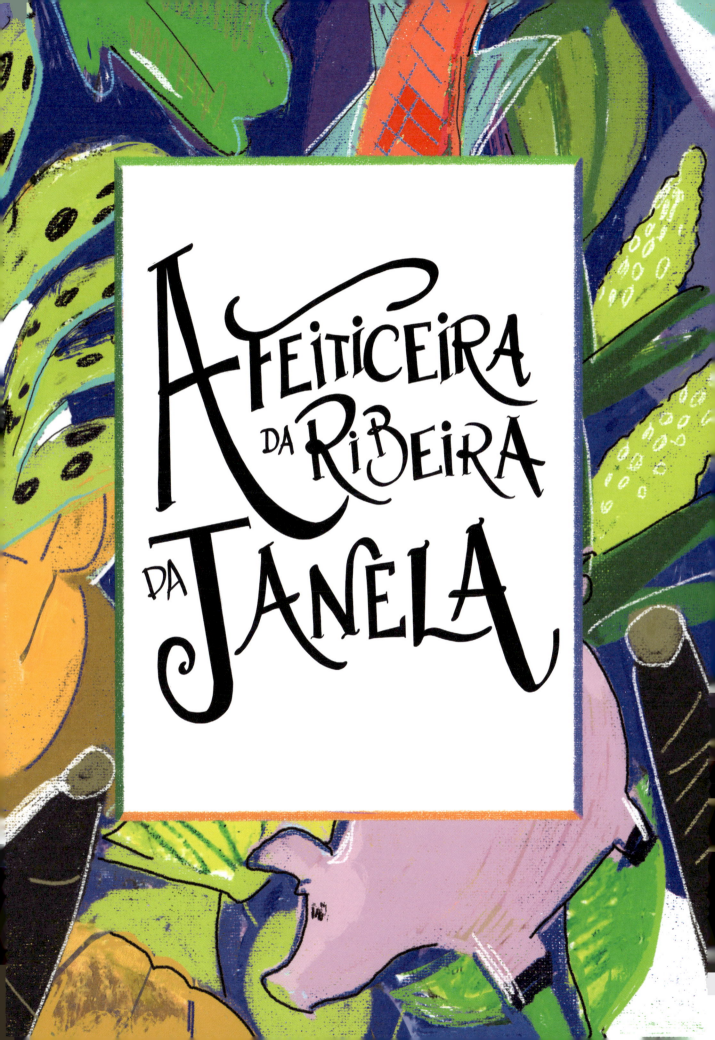

Un vês, há muito, muito tempo, na Ribeira da Janela, ilha de Santo Antão, em Cabo Verde...

un vês: *uma vez.*

As crianças viviam com muito medo e sua única diversão era quando chovia, pois tomavam banho nas escoadeiras das casas.

Na Ribeira da Janela não havia luz elétrica, por isso, para a iluminação, usavam-se velas de óleo extraído da planta tradicional, a purgueira, ou lamparinas (candeeiros a petróleo).

Como não havia luz elétrica, não havia televisão e, para ouvir as notícias, era preciso usar um rádio a pilhas.

Na altura, os meninos e as meninas de Ribeira da Janela, local situado no meio de um vale, na majestosa Ilha das Montanhas, *Sintanton*, divertiam-se a ouvir **nôs jente bêdje**, a contar estórias. Mas, às vezes, ficavam com muito medo.

nôs jente bêdje: *nossos idosos.*

Nas ilhas fantásticas, tradicionalmente, as estórias são contadas na soleira da porta.

Então, os meninos sentavam-se nas soleiras das portas e, muito quietinhos e caladinhos, ouviam a primeira palavra mágica, evocada na voz da ancestralidade dos idosos:

stória:
história.

"Stória... Stória...".

Ao som dessa palavra mágica, deviam os meninos responder, cruzando as mãos enquanto se benziam:

sêu:
céu.

"Fortuna do sêu. Amén!!".

Nhô Djô de Pónta d'janéla:
Senhor José de Ponta da Janela.

Certa noite, quem ia contar-lhes estórias era Nhô Djô de Pónta d'janéla, pescador artesanal da ilha, que pescava as suas tainhas, cavalas para cachupa, prato tradicional que leva milho, feijão, couve, carne e peixe, e muito apreciado na parte mais ocidental da Ilha.

futsera:
feitceira.

Ele disse aos meninos que ia contar-lhes a história da futsera de Ribeira da Janela. Os meninos, sobretudo os manos de 8 e 10 anos, o Joãozinho e a Maria, agarraram-se um ao outro para ouvir com atenção a estória e exorcizar seus medos.

Depois do jantar, quando todos tinham acabado os afazeres rotineiros, como encher os potes de barro que ficam atrás das portas com água fresca das nascentes, dar de comer às cabras e aos porcos, arrumar os cadernos nas mochilas, foi sentar-se na soleira da porta d'nha Djô de Ponta da Janela.

Na janela, os habitantes vivem na encosta da montanha. Aí, à noite, ainda cedo, viam-se umas luzes muito estranhas que bailavam no negro da noite, sempre ao redor da tal casa, de cobertura de palha de bananeira, da qual todos têm medo de se aproximar. Não se sabia que luzes eram aquelas. Dizia-se que ali vivia uma feiticeira.

De dia, nunca ninguém a via e à noite ninguém sabia quem era, porque todos tinham medo de ir à ribeira.

Por isso, havia muitas histórias sobre a bruxa Julinha, feiticeira da Ribeira da Janela.

Todos diziam que tinha uma enorme vassoura com a qual voava por toda a Ilha de Santo Antão e tudo o que acontecia de mal diziam que era obra da Julinha... Toda a gente imaginava que Julinha era má, feia e metia medo.

No entanto, havia meninos que acreditavam que nem todas as feiticeiras eram feias e más.

Um dia, à hora do almoço, os manos Maria e Joãozinho saíram da escola e decidiram não ir para casa. Foram passear e brincar com os camarões **d'ága dose** no leito da ribeira. Brincaram tanto que até se esqueceram da hora de voltar para casa. Meio atrapalhados, tentaram encontrar o caminho de volta e, então, perceberam que estavam perdidos e bem perto da casa da feiticeira!

> **d'ága dose:** *de água doce.*

Era ainda de dia, o Sol estava a começar a pôr-se no perfil **dákes rótxa** e, graças às montanhas alaranjadas pela luz parda do sol, não tiveram tanto medo.

> **dákes rótxa:** *daquelas rochas.*

De repente, do canavial que circundava a casa da feiticeira, algo ganhou vida e começou a mexer-se. Então, a Maria procurou uma **pedrinha laja** para sentar-se e o Joãozinho acompanhou-a, agarrou-se a ela, chorando de medo e mijando em seus calções, que a mãe lhe fizera. A irmã, mesmo com medo, mantinha-se firme e aconchegou o irmão.

> **pedrinha laja:** *pedra plana/rasa.*

Do meio do canavial, viram sair uma senhora tão bonita que Joãozinho perdeu o medo, encantado com aquela beleza angelical,

acreditando mesmo que era um anjo que os vinha salvar. A senhora sorriu, perguntou-lhes quem eram e o que estavam fazendo ali.

Os manos, perdidos no tempo, responderam em coro que estavam tentando encontrar o caminho para casa.

A senhora perguntou-lhes se queriam que ela os ajudasse a encontrar o caminho de volta, mas, primeiro, deveriam ir à casa dela buscar umas velas, pois eles estavam muito longe, tinham de andar muito tempo a pé e já ia escurecer. Eles começaram a ficar assustados por se lembrarem das histórias sobre a bruxa Julinha, mas, como não conseguiriam encontrar sozinhos o caminho para casa, aceitaram a ajuda.

A senhora disse-lhes que se chamava Maria da Luz e que vivia naquela casinha ali perto da ribeira.

Joãozinho e Maria sabiam da tal casa e, mesmo assustados, seguiram seus instintos, começaram a caminhar seguindo os passos da Maria da Luz, que meticulosamente ia abrindo o vasto canavial de cana sacarina. Os manos já sentiam fome e à memória de Maria da Luz vieram as recordações do lanchinho que a mãe lhes costumava preparar: **lêt de kabra i sopa de Kaxupa**, lanchinho precioso da mãe para melhor escutarem e ouvirem as estórias na **boka nôte**. Carregado pela memória, pelos sabores dos miminhos da mãe, o medo foi-se esvaindo com o som do canavial onde Maria da Luz abria caminho à braçada. Foi aí que os manos perceberam que estavam bem pertinho da tal casinha de que todos tinham medo de se aproximar.

lêt de kabra i sopa de Kaxupa: *leite de cabra e sopa de cachupa.*

boka nôte: *à tardinha; antes de anoitecer.*

A casinha era tão bonita que as pedras que foram construídas pareciam vir do mar, do fundo do mar, das casas das sereias que vivem lá no canal de Ponta da Janela.

Chegando à porta da casinha, ouviram de uma sorridente Maria da Luz as boas-vindas:

> — Bsôt úvi, li e nha kazinha bnitin e sebin, txá-m abri porta pá bsôt entrá i sinti en káza!

Embalados pelas palavras acolhedoras de Maria da Luz, sentiram-se seguros, abraçados por um sopro de carinho.

A casinha tinha uma porta e duas janelas. Ao entrar, sentaram-se logo em **dôs mutxinhas** de mangueira que armavam a mesa de figueira. Pelas cumplicidades dos olhares trocados, Maria e Joãozinho esgueiraram-se pelos cantos da casa, constatando que era bem diferente dos dizeres do povo.

Os meninos, ansiosos e famintos, receberam das mãos de Maria da Luz dois pratos de alumínio bem cheios de cachupa, pratos exclusivamente utilizados por visitantes e pessoas especiais que recebemos em nossas casas. Deixaram-se deliciar pelo sabor da cachupa, de tal modo que só se ouviam colheradas de comida, colheres de pau que tilintavam nos seus dentes! O sabor daquela cachupa era tão especial e único que seria impossível descrever sua frescura no paladar!

A pequena Maria, na sua última colherada, perguntou a Nhá Maria, com a boca ainda cheia, como fazia aquela cachupa tão deliciosa.

— Para fazer esta cachupa, tenho de sair muitas vezes à noite para ir à **merada**, nas redondezas da casa, à saudosa horta dos meus pais,

---

Bsôt úvi, li e nha kazinha bnitin e sebin, txá-m abri porta pá bsôt entrá i sinti en káza: *Vocês ouçam, aqui é a minha casinha bonita e gostosa, deixa-me abrir a porta para vocês entrarem e se sentirem em casa.*

dôs mutxinhas: *duas cadeiras.*

merada: *horta que o agricultor cultiva.*

para apanhar milho, feijão, couve, cenouras, batatas e coentros. E, para não dar topada nos dedos dos pés, levo sempre uma lamparina, um candeeiro a petróleo... **bsôt sabé dritin que topádas** dói muito... Meninos, talvez o tal sabor que encontraram na minha cachupa possa ser de **tusin ó de karne de txuk solgôd**, pois toucinho e carne de porco preto salgada ao sol é **sâb sêbin**, gostoso mesmo. Aprendi com a minha mãe, **Nhá m'ri Zulmira**, quando era pequena como vocês. Ainda bem que gostaram, **nhas mininês!... nhas menís**, às vezes, não é nada fácil colher legumes na merada! Às vezes, quando o vento vem forte do mar, passando por Ponta da Janela, ribeira acima, arrebata-me a chama do candeeiro, fico a tremer enquanto vejo a projeção das chamas transformar-se em sombras tão estranhas e misteriosas que até sinto medo e mesmo a presença de fantasmas e de monstros, **moda gongôns** correr por aí...

bsôt sabé dritin que topádas: *vocês bem sabem que estropear.*

tusin ó de karne de txuk solgôd: *toucinho ou carne de porco salgada (carne-seca).*

sâb sêbin: *maravilhoso; delicioso.*

Nhá m'ri Zulmira: *Senhora Maria Zulmira.*

nhas mininês!... nhas menís: *meus meninos... meus meninos.*

moda gongôns: *vultos noturnos.*

21

Como a ribeira ficava muito longe da casa dos meninos, era difícil eles perceberem o que eram aquelas luzes e aquelas sombras estranhas e misteriosas. Mas, de repente, haviam compreendido tudo: aquelas luzes e sombras estranhas que se viam na ribeira eram da chama da lamparina que Maria da Luz levava para a horta. Perceberam que, afinal, não havia nenhuma feiticeira e que tudo eram histórias que lhes contavam.

Joãozinho, feliz da vida, recebeu das mãos de Maria da Luz as prometidas velas e uma caixa de fósforos, indicando-lhes o caminho para casa, onde, com certeza, os pais já deveriam estar em desespero à sua procura.

Quando chegaram à casa, todos ficaram muito contentes e, naquela noite, Maria e Joãozinho contaram a verdadeira história da feiticeira da Ribeira da Janela, aquela que todos pensavam ser feia e má, mas que, afinal, era bela e bondosa, cozinheira da melhor das cachupas alguma vez experimentada.

Báka:
Vaca.

Katxôr:
Cachorro.

Kábra:
Cabra.

Ilhá di Santiágu:
Ilha de Santiago.

Felisidádi:
Felicidade.

Sukupira:
Mercado de vendedores ambulantes.

Há muito tempo, no tempo em que os animais falavam, num belo dia de intenso calor, a **Báka**, o **Katxôr** e a **Kábra** organizaram um passeio pela orla marítima da **Ilhá di Santiágu**, só se sentiam seguros ao volante da *iási* **Felisidádi**, da tia Gánga, amiga da Nhara Báka.

Encontraram-na no mercado da **Sukupira**.

Felizes, seguiram viagem e, pelo caminho, escolheram ir refrescar-se na extensa Praia do Tarrafal, naquele lindo areal de coqueiros e tamareiras. Muito animados e divertidos, lá chegaram. A tia Gánga parou a *iási*, estacionando no acostamento da estrada de pedras de calçadas, saiu porta fora para receber o valor da viagem: trezentos escudos.

Nhara Báka, ansiosa por se aconchegar à sombra de um coqueiro, apressou-se no pagamento enquanto Katxôr mexia e remexia nos bolsos à procura de trocados, acabando por tirar do bolso uma nota de **quinhentos escudos**. Então, entregou-a e ficou à espera do troco.

A tia Gánga, sempre atenta, aligeirava-se no troco dos duzentos escudos para dar ao Katxôr. Entretanto, a Kábra, que já andava aos zig-zags a ver como fugir, aproveitou a oportunidade e desatou a correr sem pagar.

Tia Gánga, dando pela fuga da Kábra, entrou na *iási* fazendo-se à estrada atrás dela, que escapou com rapidez por um trilho de terra batida. Não conseguiu alcançá-la, graças à agilidade da Kábra.

Nhara: *senhora (sábia respeitada).*

quinhentos escudos: *correspondente a 5 euros (aproximadamente 28 reais).*

Tia Gánga: *tia Galinha.*

25

Até hoje, o latido do Katxôr soa sempre que as *iásis* passam por ele e corre a ladrar para encontrar a tia Gánga, que lhe deve ainda o troco, os tais duzentos escudos.

A Kábra desata a correr quando escuta, mesmo à distância, o barulho característico de uma *iási*.

— É tia Gánga… — pensa, pois continua com medo de ser apanhada por tia Gánga, por não ter pago os trezentos escudos.

Já a Nhara Báka continua a não se incomodar de todo, sobretudo com as *iásis* que passam por ela. Com toda a calma, continua a atravessar as estradas, o asfalto calcetado, tranquila para não magoar suas belezonas patas, porque sabe, todos sabem perfeitamente, que paga sempre as viagens e que não deve nada a ninguém e que ninguém deve nada a ela.

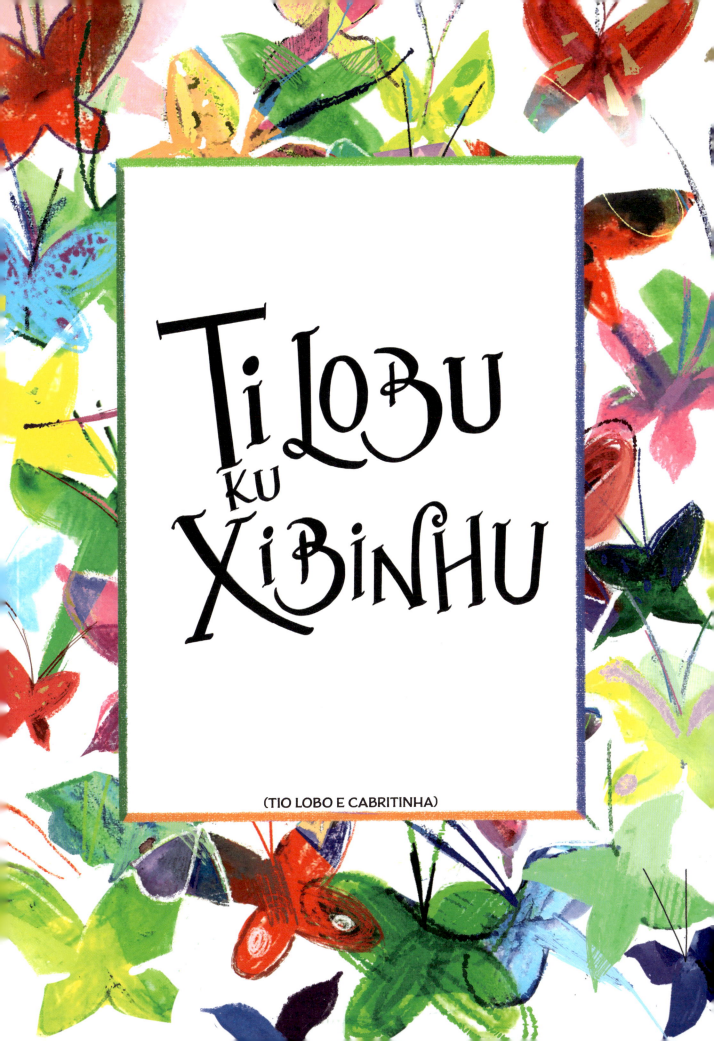

Ti Lobu ku Xibinhu

(TIO LOBO E CABRITINHA)

Há muito tempo, a seca atormentava os animais nas ilhas. Tristes e frágeis, alimentavam-se da esperança e do olhar vago da estiagem. Havia escassez da água e a única presença de água era do seu próprio suor, provocado pela intensidade do Sol que se fazia sentir sem temor.

Xibinhu: *cabritinho/ cabritinha.*

Um dia, **Xibinhu** estava tão exausto e cansado da esperança, estava tão faminto que até via as cores do arco-íris a poetizar no esverdado.

— São as borboletas, vindo com o vento do Deserto do Sahara. Deserto do Sahara... Por lá, é só areia ondulante e amarela.

Desanimado, terminou o monólogo em movimento.

Xibinhu, caminhando à deriva, encontrou um pequeno poço, foi até junto dele, espreitou e viu na água parada do fundo do poço a imagem

Nhara Lua: *Senhora Lua.*

de **Nhara Lua**. Julgando ser a imagem de um queijo, deu belos pulos de contente e, envolvido pelo entusiasmo, percebeu que, pendurados no poço, havia dois baldes rústicos, de chapa de bidões: um que descia, outro que subia. Então, apressou-se a entrar no balde que estava em cima e desceu até o fundo. Chegando lá, verificou que, afinal, não havia queijo algum. Lá no fundo, colou os ouvidos na estrutura do poço até que começou a ouvir algo: passos se aproximando. Ainda de dentro do balde, berrou:

— Socooooooorro! Estou aqui dentro!

Então, o rosto do Ti Lobu apareceu a espreitar a refeição e a beber água. Ao vê-lo, Xibinhu falou-lhe **ku morabeza**:

— Ti Lobu, desça até cá, tenho este queijo fresquinho para ti.

Coitado do Ti Lobu! Guloso como ele só, caiu na armadilha de Xibinhu: entrou no balde e, descendo, nem percebeu que Xibinhu passou pelo outro balde. Enquanto um descia, o outro subia. Xibinhu, mal chegou ao topo, saltou do balde para o muro do poço e, seguro, acenou:

— Ti Lobu, *txauzinhuuu...*

Ti Lobu desembocou em lágrimas até que, naquele dia, bafejado pela sorte, a chuva amiga falou **mantenha**, enchendo o poço até a boca. Ti Lobu, de tanta sede, encheu a **bandoga** de água até que, dias depois, os campos se esverdearam das cores mais belas: as cores da esperança.

ku morabeza:
com amabilidade.

mantenha:
saudação; comprimento.

bandoga:
estômago/ barriga cheia.

29

HERÓIS DO IMAGINÁRIO INFANTIL QUE TAMBÉM FAZEM PARTE DA HISTÓRIA DA NAÇÃO

O Lobu é sempre um ser ávido e esfomeado, uma figura que quer e deseja constantemente comida e, de certa forma, explora Xibinhu para que vá procurá-la. Xibinhu, pelo contrário, é o personagem que sabe onde se pode encontrar comida, mas não partilha logo essa informação com o tio, a não ser quando é apanhado ou pela opressão do Lobu. A moral determina que as estórias terminem sempre com a punição de Ti Lobu.

Outra de Ti Lobu i Xibinhu

(Outra de Tio Lobo e Cabritinha)

onta-se que Ti Lobu andou dias a espreitar as pisadas do Xibinhu até que, um dia, o viu a sair, sorrateiramente, em direção
a uma figueira ali plantada atrás da sua casa. Aí, ouviu-o a magicar:

— Figueira, figueirinha *tik-tik...* — e viu a figueira abaixar-se, mi-
lagrosamente, e a encher-se de figos deliciosos. Escalou-a e, enquanto
dizia "Figueira, figueirinha *nok-nok*", a figueira começou a subir.

Então, Ti Lobu, imbuído pela gula, correu, segurando ainda um
dos galhos.

Xibinhu, surpreendido com a presença de Ti Lobu, não teve outra
escolha e convidou-o para uma abastada refeição. Era um convite já
desnecessário, porque os olhos esbugalhados acenaram logo que sim,
já que sua boca não tinha mais espaço para dialogar.

Umas horas depois, Xibinhu, saciado, olhando para a bandôga de Ti
Lobu, disse-lhe para irem embora, de forma que no dia seguinte pudesse
haver "Figueira, figueirinha *tik-tik*". Xibinhu desceu e Ti Lobu não acei-
tou descer, argumentando que só tinha comido a sua parte, mas faltava
terminar a dos irmãos, a do pai e a da mãe... E faltava a da avó, a do avô...

Xibinhu, sabendo que não valia a pena contrariá-lo, disse-lhe:

— Ti Lobu, agora não esqueças: é "Figueira, figueirinha *tik-tik*" para descer, e "Figueira, figueirinha *nok-nok*" para subir. Tanto uma como outra se articulam só duas vezes.

Mas a atenção, os ouvidos e a compreensão do Ti Lobu não estavam nem aí e ele respondeu:

— Simmm! "Figueira, figueirinha *nok-nok-nok*".

E, sem parar, a figueira, figueirinha foi crescendo até chegar ao céu, deixando os anjos e São Pedro surpreendidos pela inesperada visita. Ti Lobu, de olhos em órbita, desatou a chorar compulsivamente.

Aí, São Pedro ofereceu-lhe um tambor, amarrou-o com uma corda na cintura e começaram a dar-lhe corda para descer novamente à terra.

Ao tocar a corda, São Pedro saberia que Ti Lobu estaria em terreno firme para poder cortá-la.

Ti Lobu descia, sempre com o pensamento na próxima refeição, e já vislumbrava as fantásticas e maravilhosas planícies. Mas, de repente, apareceu-lhe em voo um corvo, com um pedaço de cuscuz no bico. Então, esfomeado como era, ele tocou o tambor antes mesmo de tocar o chão. São Pedro e os anjos, escutando-o, cortaram-lhe a corda e Ti Lobu desceu em grande velocidade até a terra:

pidrinha lája:
pedra rasa.

— Afasta, afasta, **pidrinha lája**!

E estatelou-se no chão, sendo castigado por sua gulodice!

Un vês, há muito, muito tempo, no tempo em que chovia intensamente todos os anos, os campos cobriam-se de verde em todas as dez ilhas de Cabo Verde. Aí, vivia livremente um boi bonito, forte, amoroso e empático que causava inveja por toda a **rodeia**. Vivia livre, saboreando, sobretudo, a pequena simplicidade da natureza e da vida. Adorava passear pelos vales daquelas ribeiras esverdeadas ao som do rouxinol e de outros pássaros, tendo um carinho especial pelos passarinhos mais pequenos e pelo tilintar dos pardais. Adorava comer tudo o que a mãe natureza lhe fornecia, sem a intervenção do homem. Os agricultores gostavam muito dele, pelo respeito que tinha pela mãe natureza e pelos seus cultivos, razão, aliás, para que, sempre que lhe apetecia comer a tradicional cachupa, ia a casa **di Nhá Xikinha i di Nhô Antône**, casal de agricultores que moravam um pouco mais distante, longe das bocas do povo.

rodeia: *arredor.*

di Nhá Xikinha i di Nhô Antône: *Senhora Chiquinha e Senhor Antônio.*

37

Ali, Blimundo, para além de degustar a cachupa, sentia-se acolhido e amado.

Esse casal, sabendo o quanto ele prezava a sua liberdade, nunca teve coragem de o convidar para ir viver com eles, mas Blimundo percebia o ensejo. E, sempre que conviviam, sentia a alegria e o carinho a transbordar aos potes até que, por um acaso, Nhô Antône deixara cair da sua boca um nome: Libinha. Percebia-se que ficara inquieto, cobria a boca com a mão enquanto olhava para Nhá Xikinha, que, lavada em lágrimas, sem mover quaisquer músculos do rosto, caíra em um silêncio sem fim. Tudo isso deixava Blimundo com um **sentimenti-fôrti na pet**, de que desconhecia a definição, porque só sabia ser feliz. Falando com seus botões, questionou-se:

"Como posso eu ajudar?!".

Isso inquietava-o sempre a caminho, na ida e na vinda, e só lhe passava do pensamento quando via ao longe. **Vakinha**, lá embaixo, na **pra-i-anha**... gostava dela, mas nunca lhe dirigira palavra.

Dizem que o aroma da cachupa, a sua fluidez e o seu sabor **mut sáb-sebin** se dissipava só **k'sôl kanbá**, e pelo toque aconchegado da *morabeza* do casal. Ali, comia tanto que até praguejava de felicidade, ao provar todos aqueles sabores, misturados com o milho: o feijão, a couve, a batata, a mandioca, o inhame, a carne ou, de quando em vez, acompanhado com peixe.

Saciado, saía para passear a **bondôga** campos arriba, estendia-se na vegetação, confortável à luz da Lua e ao som das estrelas, adormecia profundamente, sonhando além-mar.

Blimundo viveu livremente até que, um dia, na rotina do acordar espreguiçando, enquanto se ia sentindo a brisa do amanhecer, começou

---

sentimenti-fôrti na pet: *coração a palpitar no peito; sentimento forte e profundo no peito ou coração.*

Vakinha: *bezerra /vaca jovem.*

pra-i-anha: *praia pequena.*

mut sáb-sebin: *felicidade; eufórico/ maravilhoso.*

k'sôl kanbá: *quando o sol se pôr.*

bondôga: *barriga/estômago cheio.*

com um certo incômodo, com o pressentimento que sonhava todo atado e foi percebendo que realmente estava acordado. Abriu os olhos e viu seu corpo amarrado dos pés à cabeça. Então, olhou à sua volta e percebeu que homens raivosos e corpulentos o circundavam, usando o mesmo traje de cor verde-azeitona e com pontas de lanças afiadas apontando para seu rosto, refletindo nos seus olhos os raios de sol do amanhecer das ilhas...

Blimundo começou a sentir aquela sensação **dentu petu** que sentia quando Nhô Antône mencionava o nome Libinha e via Nhá Xikinha verter torrões de lágrimas, mas, desta vez, era um sentimento mais forte que ia saindo do fundo do seu coração em intenso alvoroço. Então, abriu a boca com todas as suas forças, mugiu tão alto que o ouviam em todas as ilhas, enquanto ia desatando os atilhos e os tais homens raivosos iam saltitando, caindo um a um, como grãozinhos de milho por tudo quanto é lado, em grandes distâncias.

dentu petu: dentro do peito.

Depois, Blimundo levantou-se e, meio atordoado, desatou a correr. Correu pelos campos mais arriba, subindo, subindo, subindo a mais alta montanha na crista dos flagelados dos ventos até que, inesperadamente, sentiu-se amparado por um pequeno rochedo e, sem mesmo se aperceber, foi bafejado pela sorte: estava parado à beirinha de um grande precipício, mas, como estava exausto, nem se apercebeu do perigo que corria! Abriu os olhos, respirou o ar puro da majestosa montanha e tomou um grande susto quando percebeu onde estava.

Além do precipício, havia um penhasco, que se alongava até um planalto que se perdia de vista. Naquele instante, uma nuvem não o deixou ver com mais nitidez, mas, quando a nuvem se dissipou, ele percebeu que, no meio do extenso planalto, havia um imenso curral.

Fixando seu olhar intenso nesse curral, de boca aberta, reconheceu até

atropilhar: *reunir.*

velhos amigos bois, ali a **atropilhar** cana sacarina, extraindo caldo e suco de cana, sempre ao som do chicote de homens raivosos, idênticos aos que o acordaram, amarrado, e que lhe despertaram aquele sentimento

burkon: *vulcão.*

burkon no peito.

Quase, quase a entrar em erupção, ouviu uma agonia, um sufoco, um mugido reconhecido, percebendo que vinha no sentido oposto do rochedo que lhe amparara a vida. Seguindo-o, saiu no seu encalço, encontrando, surpreendido do que via, torrões de lágrimas que Nhá Xikinha deixava cair em dilúvio...

E ele gritou:

— Tio!!! Como chegaste aqui? O senhor anda além-mar!

— Além-mar, das viagens do merecido descanso de Blimundo...

— O senhor voltou tão fraquinho, um novelo de ossos. Acorda, tio!

Nesse instante, o tio, mesmo tão frágil, reconheceu-o e abraçou-o com ternura:

— Sobrinho, que felicidade te reencontrar... — e desmaiou em seus braços.

Blimundo pousou-o, alongou as mãos, deu-lhe de beber e reanimou-o. Aí, Blimundo pediu-lhe a bênção e o tio respondeu-lhe:

— Liberdade eterna! Amado sobrinho, estou feliz por estares vivo! Como tens conseguido escapar daqueles brutamontes? Sabias que **Nhô**

Nhô Réi: *Senhor Rei.*

Réi aumentou a recompensa a quem conseguir capturar-te?!

— Não, tio...

— Sim, sim! E nem sabes...

Aí, fez-se luz acerca do pressentimento que tinha de que Nhô Antône mais Nhá Xikinha queriam dizer-lhe algo:

— Tio, os meus sétimos sentidos têm andado em alerta! Conta-me mais!

— Sabes daquele palácio, ali além, de Nhô Réi, rainha, e da princesa, a Libinha...

— Tio, desculpe interromper. O senhor disse Libinha?! Prometa-me que nunca ouviu chamar a princesa de Libinha.

— Prometo-te, Blimundo.

— Tio, sabes das lágrimas que me caíram dos olhos em dilúvio quando encontrei o senhor neste estado? São as mesmas que Nhá Xikinha, em silêncio, derrama quando o seu esposo deixa sair, boca fora, este nome, Libinha. Conhece-a?

— Sim, conheço, a ela e ao casal, Xikinha e Antône. Escuta, vou-te contar um segredo, sobrinho. Quando a princesa nasceu, a rainha não teve leite para alimentá-la. Na altura, eu era um dos homens de confiança de Nhô Réi, pois que ele me ordenou que encontrasse uma mãe leiteira. Sabendo eu que esse casal meu amigo desde a infância tinha tido uma filha que se tornou uma estrela no céu, foi Xikinha que amamentou a princesa até ela completar 7 anos. Então, como se vê, meus amigos ganharam afeto pela princesa e, carinhosamente, chamavam-na Libinha, por cantarolar que nem uma abelha quando amamentava. Xikinha nunca mais se conformou com a ausência da sua Libinha.

— Escuta, tenho de fugir, tenho de fugir, senão voltam a capturar-me e a levar-me para aquele inferno daquele trapiche e fazem-me rodopiar dia e noite, sem parar, até a morte, para a produção de grogue.

grogue: aguardente.

Blimundo colapsou-se tanto com o segredo e a notícia da recompensa por sua captura que nem se deu conta da partida sorrateira do tio. Apenas ouvia o tilintar nos seus ouvidos: "Foge, foge...".

Enquanto isso, lá no majestoso palácio, Nhô Réi rondeava em círculo:

— Não escapou um único soldado que preste! — gritou, no seu mais alto berro. — Quero a cabeça de Blimundo, ainda mais agora que precisamos produzir muito grogue. Sentiu-se interrompido nessas reflexões pelos passos de aproximação de um dos conselheiros:

— O que queres?

— Nhô Réi, Nhô Réi, eu conheço um rapaz que consegue capturar Blimundo, chama-se Blismê.

— Então, o que estás a fazer ainda aí parado? Apresenta-o perante mim.

— Majestade, volto já!

O conselheiro atrelou seu cavalo, percorreu largas jardas até as proximidades do dito trapiche, galopando em direção da casinha do **kuzinhôla:** pobretão Blismê, que encontrou na sua **kuzinhôla**, a cozinhar cachupa *cozinha rústica.* a lenha. Transmitiu-lhe as ordens de Nhô Réi, mandou-o saltar para o dorso do cavalo e seguiram em direção ao palácio. Assim que chegaram, ordenou-lhe que fosse no encalço de Nhô Réi. Saiu em direção aos aposentos reais e, conforme ia caminhando, sentia-se incrédulo por estar no centro de todas as atenções: até a rainha e a princesa se aproximaram e se fixaram ao lado de Nhô Réi.

Entrando nos aposentos de Nhô Réi, imperava o silêncio, nem os pés nus de Blismê se ouviam.

— Mas quem és tu, tão frágil, tão vulnerável, com essa vestimenta **klabedôtxe:** de **klabedôtxe**, pano a retalho, de que nem cores se vislumbram? És, *manta de retalhos.* sim, uma caldeira de cores!

Enquanto isso, o coração da princesa enchia-se de corações, que até interrompeu os seus pensamentos com palavras: Blismê!

A rainha, percebendo que toda a atenção estava centrada na filha, encantada por Blismê, ordenou que ela se recolhesse aos seus aposentos reais.

— Ó, miúdo, tu consegues capturar Blimundo?!

— Sim, Nhô Réi, eu consigo! Mas...

— Este mas... Quer dizer o quê?

— Quero um cavaquinho, um *bli*, cabaça de água e um saco de *prentêm*, milho ilhado, só isto...

Blismê pediu permissão para se aproximar e segredou-lhe algo mais aos ouvidos, deixando os presentes curiosos.

Enquanto Nhô Réi se recompunha, sentando-se incrédulo no trono real, ainda sem conseguir articular palavras, gesticulou em direção aos seus súditos para providenciarem os pedidos de Blismê.

Trouxeram e entregaram-lhe tudo o que tinha pedido, saindo Blismê em silêncio campo arriba. Caminhou, caminhou, caminhou no encalço de Blimundo. Cansado de tanto procurar, dias depois, teve a ideia de ir ao cimo da montanha. Lá chegou, agarrou no seu cavaquinho e tocou, repetindo vezes sem conta:

— Ó, Blimundo, Nhô Réi mandou-me ir buscar-te para ires casar com a Vakinha de Praia!

Tlim-tlim n'nha Kavakinhu

krôpe Krôpe n'nha prentêm

Glu glu n'nha bli d'aga

Blimundo, que estava a descansar na vegetação, ouviu-o, acreditou e foi em direção à melodia. Ao ver o rapaz, frágil e dócil, sentiu-se confortável para o questionar:

— Vieste-me buscar para ir casar com a Vakinha de Praia?!

> **Tlim-tlim n'nha Kavakinhu/ krôpe Krôpe n'nha prentêm/ Glu glu n'nha bli d'aga:** *Tlim-tlim no meu cavaquinho/ estalido no meu milho torrado/ Beber água aos golos (cai no estômago a tilintar).*

— Sim, Blimundo, ela já está vestida de noiva à tua espera, vamos!

— Vou, com uma condição: que continues a cantar esta linda melodia até chegar ao palácio!

Blimê saltou para o dorso de Blimundo, tocando e cantando rumo ao palácio.

Chegaram e todos estavam surpreendidos, incluindo Nhô Réi e a princesa, orgulhosa do "seu" Blismê, que desceu do dorso de Blimundo, convidando-o a ir ao barbeiro fazer a barba para depois vestir um belo fato e casar na capela do palácio com a Vakinha de Praia.

Blismê subiu as escadarias e Blimundo, chegando à barbearia do reino, sentou-se enquanto via o barbeiro a afiar demoradamente o seu canivete, o que o deixou em alerta, com aquele sentimento efervescente no peito. Então, entrou Nhô Réi e o barbeiro, com toda a força, dirigiu-se ao pescoço de Blimundo para cortá-lo! Blimundo deu-lhe um valente coice, que embateu no Senhor Rei, ficando ambos plasmados na parede.

O Senhor Rei caiu e morreu.

Blimundo saiu em fúria em direção à prainha, aproximou-se da Vakinha de Praia, enquanto lhe segredava algo aos ouvidos e, juntos, começaram a correr para o planalto.

Blismê dirigiu-se aos aposentos da princesa e agarrou-a pelas mãos. A princesa também lhe segredou algo aos ouvidos e saíram disparados do palácio, montados a cavalo.

Já Blimundo e a Vakinha, chegando ao planalto, esmurraram todos os soldados, entraram no curral de trapiche de cana sacarina e libertaram todos os animais. Cansados e felizes, com a luz do sol a pousar no poente, Blimundo disse:

— Vamos, Nhá Vakinha de Praia, vamos comer a melhor cachupa do mundo!

Quando se aproximaram da casa D'Nhô Antône e D'Nhá Xikinha, já não se sentia o perfume da deliciosa cachupa, mas sim alvoroços de alegria! Chegaram, entraram e encontraram aos abraços e aos beijinhos Nhá Xikinha e Nhô Antône com a Libinha, enquanto Blismê conversava com seu tio. Abraçaram-se todos e viveram livres e felizes para sempre!

Dizem que, ainda hoje, se fores à majestosa montanha, se escutam as vozes de Libinha e Blismê a cantarolar e a cantar nos ouvidos de Blimundo, enquanto viaja além-mar!

Stôra Kába. Bolói Burka

Stôra Kába: *estória acabou.*

Bolói Burka: *emborcar o balaio/cesto.*

Cabo Verde é um arquipélago localizado a 455 quilômetros da costa da África, descoberto por volta de 1460 por navegadores portugueses e italianos. O povoamento começou na Ilha de Santiago em 1462. Por conta de sua localização privilegiada, logo se tornou uma escala importante para as embarcações, sobretudo durante o tráfico de escravizados. Com a decadência e posterior abolição desse comércio, somada às condições climáticas desfavoráveis, a economia local entrou em declínio, sobrevivendo por muitos anos apenas com atividades de subsistência.

Europeus livres e escravizados da costa africana formaram ali o povo cabo-verdiano que fala o crioulo e o português, suas duas línguas oficiais. O país proclamou a independência de Portugal em 5 de julho de 1975 e hoje faz parte da Comunidade dos Países de Língua Portuguesa (CPLP). Com 4033 km² e formado por dez ilhas de origem vulcânica (Santiago, Santo Antão, Santa Luzia, São Nicolau, São Vicente, Sal, Boa Vista, Maio, Fogo e Brava), Cabo Verde tem hoje cerca de 600 mil habitantes. A capital é a Cidade da Praia, que fica na Ilha de Santiago, a maior, mais populosa de todas e onde se encontra o ponto culminante do arquipélago: o Pico de Antônia, com 1392 metros de altitude.

A população vive da agricultura, da pesca e sobretudo do turismo. Outra importante fonte de renda que alimenta a economia cabo-verdiana é a remessa de divisas dos mais de 800 mil nativos e descendentes que vivem espalhados pelo mundo. Só nos Estados Unidos estima-se que vivam 250 mil cabo-verdianos.

O país atrai grande fluxo de visitantes por conta da proximidade com o continente europeu e pelo fato de o tempo ser estável durante todo o ano. O clima agradável, com médias anuais que dificilmente passam de 25 °C e nunca ficam abaixo de 20 °C, as belíssimas praias e o ecoturismo tornam a ilha um destino paradisíaco.

ADRIANO REIS – *Escritor*

Filho de pais cabo-verdianos, Adriano Reis nasceu "por acaso" em Angola. Com apenas 1 ano de idade, mudou-se para Cabo Verde com os pais, obtendo a nacionalidade cabo-verdiana. Desde 2003, vive e trabalha em Portugal, incluindo as ilhas dos Açores e da Madeira. Percorreu boa parte da Europa contando histórias em países como Espanha, França, Itália, Luxemburgo, Suécia, Suíça, Holanda, Alemanha, Croácia e Alemanha. Além de *kontador de stórias* profissional, desenvolve atividades como Técnico da Juventude, ator no teatro, televisão e Cinema. Também já esteve no Brasil, em Teresina, narrando contos e lendas dessas localidades.

Adriano é, ainda, diretor artístico do festival internacional de contos Aqu'Alva Stória (Encontro Internacional de Narração Oral da Lusofonia), cocurador dos ciclos DraContos (Ilha do Pico) e Contos Lusófonos (São Miguel), nos Açores, Dja'D'Sal Stória (Ilha do Sal – Cabo Verde), e coordenador do projeto de investigação da tradição oral *BEBI na FONTI*, em Cabo Verde, entre outros. Autor de cinco livros de histórias tradicionais, tem participações em coletâneas como *Contos ao pôr do sol e Souespoeta* (antologia de contos portugueses), entre outras colaborações. Adriano se define como "um cidadão do mundo que tenta melhorá-lo pelo diálogo intercultural por meio das histórias, divulgando os costumes e as tradições de Cabo Verde".

ROBERTA NUNES – *Ilustradora*

Roberta Nunes, natural do Rio de Janeiro, é *designer* formada pela Universidade Federal do Rio de Janeiro (UFRJ). Atua como *designer*, ilustradora e quadrinista.

De tanto gostar de livros ilustrados, tornou-se especialista em literatura infantojuvenil pela Universidade Federal Fluminense (UFF).

Pela Estrela Cultural, ilustrou as obras *Grande circo favela* e *Guardiãs de memórias nunca esquecidas*, ambas de Otávio Júnior; e *Hermanas bolivianas* e *Olha aqui o Haiti!/Le voilà*, das autoras Márcia Camargos e Carla Caruso, esta última selecionada para compor a Biblioteca da ONU na questão "Combate à desigualdade social".

MARCO HAURÉLIO – *Coordenador da coleção*

Escritor, professor e divulgador das tradições populares, tem mais de cinquenta títulos publicados, a maior parte dedicada à literatura de cordel, gênero que conheceu na infância, passada na Ponta da Serra, Sertão baiano, onde nasceu. Dedica-se ainda à recolha, ao estudo e à salvaguarda dos gêneros da tradição oral (contos, lendas, poesia), tendo publicados vários livros, como *Contos folclóricos brasileiros*, *Vozes da tradição* e *Contos encantados do Brasil*.

Vários de seus livros foram selecionados pela Fundação Nacional do Livro Infantil e Juvenil (FNLIJ) para o Catálogo da Feira do Livro Infantil e Juvenil de Bolonha (Itália) e receberam distinções como os selos Seleção Catédra-Unesco (PUC-Rio) e Altamente Recomendável (FNLIJ). Finalista do Prêmio Jabuti em 2017, em sua bibliografia destacam-se ainda *Meus romances de cordel*, *O circo das formas*, *Tristão e Isolda em cordel*, *A jornada heroica de Maria* e *Contos e fábulas do Brasil*. Ministra cursos sobre cordel, cultura popular, mitologia e contos de fadas em espaços diversos. Também é curador da mostra Encontro com o Cordel.

Linhas coloridas seguem em velocidade pelo mapa do mundo. E em vários momentos se cruzam, se encontram e se atam em comunidades de povos que falam português.

Este livro faz parte de uma coleção de contos tradicionais de dez terras que falam a nossa língua, trabalho que demandou muita memória e muita arte. Aqui estão histórias que vêm dos países de língua oficial portuguesa: Angola, Brasil, Cabo Verde, Moçambique, Guiné-Bissau, São Tomé e Príncipe, Timor-Leste e Portugal. E também de Macau (região autônoma da China) e Galícia (região autônoma da Espanha).

Essas obras reúnem contos e lendas desses lugares, escritos ou organizados por pessoas amplamente reconhecidas na disseminação dessa tradição. A leitura desses livros, seja no silêncio de sua casa, seja no burburinho de sua escola, sempre trará a voz múltipla de nossa língua, uma mãe que soa e fala junto às identidades de cada lugar.

O que temos de diferente, o que temos de semelhante, nos é trazido por artistas dos quatro cantos do nosso planeta, nesta competente organização feita por Marco Haurélio, ilustrada com carinho por Roberta Nunes.

Venha viajar por meio de contos por esse mundo vasto em que se fala a língua portuguesa!

José Santos
ESCRITOR E PATRONO DESTA COLEÇÃO

As ilhas de Cabo Verde, na África, trazem um rico manancial de histórias, a mais conhecida delas, "Blimundo", o boi gigante que desafiava o rei por seu apreço pela liberdade. Mas você sabe como a população local narra a origem das dez ilhas que compõem o país?

Adriano Reis, escritor e contador de histórias, narra essa e outras histórias, sem se esquecer do Ti Lobu e do Xibinhu (Tio Lobo e Cabritinha), personagens de muitas fábulas, além de apresentar algumas palavras em crioulo (a língua falada pelo povo e que recebeu muitas contribuições do português), em uma seleção que envolve e encanta leitores e ouvintes.